教材项目规划小组
Teaching Material Project Planning Group

严美华 　 姜明宝 　 王立峰

田小刚 　 崔邦焱 　 俞晓敏

赵国成 　 宋永波 　 郭　鹏

加拿大方咨询小组
Canadian Consulting Group

Dr. Robert Shanmu Chen

Mr. Zheng Zhining

University of British Columbia

Dr. Helen Wu

University of Toronto

Mr. Wang Renzhong

McGill University

中国国家对外汉语教学领导小组办公室规划教材

Project of NOCFL of the People's Republic of China

NEW PRACTICAL CHINESE READER

Instructor's Manual

新实用汉语课本

5

（教师手册）

主编：刘　珣

编者：张　凯　刘社会

　　　陈　曦　左珊丹

　　　施家炜　刘　珣

英译审定：Jerry Schmidt

北京语言大学出版社
BEIJING LANGUAGE AND CULTURE
UNIVERSITY PRESS

（京）新登字 157 号

图书在版编目（CIP）数据

新实用汉语课本·第 5 册·教师手册/刘珣主编.
—北京：北京语言大学出版社，2004
ISBN 7 – 5619 – 1528 – 4

Ⅰ. 新…
Ⅱ. 刘…
Ⅲ. 汉语 – 对外汉语教学 – 教学参考资料
Ⅳ. H195. 4

中国版本图书馆 CIP 数据核字（2005）第 140248 号

版权所有　翻印必究

书　　名：新实用汉语课本·第 5 册·教师手册
责任印制：汪学发

出版发行：北京语言大学出版社
社　　址：北京市海淀区学院路 15 号　邮政编码 100083
网　　址：http://www.blcup.com
电　　话：发行部　82303650/3591/3651
　　　　　编辑部　82303395
　　　　　读者服务部　82303653/3908
印　　刷：北京新丰印刷厂
经　　销：全国新华书店

版　　次：2006 年 3 月第 1 版　2006 年 3 月第 1 次印刷
开　　本：889 毫米×1194 毫米　1/16　印张：3.75
字　　数：74 千字　印数：1 – 3000 册
书　　号：ISBN 7 – 5619 – 1528 – 4/H · 05142
书　　价：14.00 元

凡有印装质量问题，本社负责调换。电话：82303590

目　录

CONTENTS

致教师

致 教 师

感谢您选择《新实用汉语课本》第五册和第六册作为教材。在使用本书以前,我们想先介绍一下这两册书的有关情况,便于您了解教材的全貌。

《新实用汉语课本》第五册和第六册是本系列的中级阶段汉语教材,已学完前四册或通过其他教材掌握了汉语的基本语法、功能项目和 2000－2500 常用词、1200 左右常用汉字的学习者,都可以使用本教材。第五册和第六册每册各有 10 课,共 20 课,供一学年之用。除主课本外,还配有教师手册、录音光盘等。

一. 第五、六册教材体例

课文 20 篇课文均选自汉语为母语者所阅读的散文、通讯或文学名著,每篇体现一个社会话题,共二十个话题。考虑到学习者目前的汉语水平和课时的限制,这些课文都作了节选,对一些现在已不再使用的或本阶段暂不要求学习者掌握的词语,作了适当改动。课文内容除了提供学习功能、句法结构和句群等语言知识外,还能有助于学习者了解不同时代的中国文化和社会情况。

语法 分短语组合、词语例解、句子结构和复句与句群四个部分,所教的语言点都是从当课的课文中挑出的。其中,词语例解、句子结构和复句是学习的重点。"短语组合"部分列出了当课的一些常用词,根据它们在句子中所能充当的成分,作了一些组合,要求学习者能用这些组合造句。"词语例解"每课约 8 条,是要求能较好掌握的重点词语。"句子结构"每课 1－2 个,是对前四册语法部分"句子结构"的补充和扩展。复句是本阶段语法学习的主要内容,在前四册学习的基础上,本阶段根据复句内各分句之间的意义关系,作比较系统的介绍。句群(或称语段、话语)是整个中高级阶段教学的重点,在本教科书第五、六册中只要求能理解并掌握例句,暂不要求扩展使用。紧缩句的掌握,也只限于例句中的句式。

练习 每课都有汉字、词语、句子、复句、课文练习和综合运用七大项练习。教师可按自己确定的教学步骤,分别采用相关的练习。练习(一)—(三)是汉字、词语练习;练习(四)"根据课文内容判断下列句子对错",可在课文开始前用于检查学习者的阅读理解能力和预习情况;练习(五)"根据课文内容回答下列问题",可用于学习课文以后,检查学习者的综合表达能力。练习(七)"综合运用练习",则是在全课学习以后,综合运用所学的语言、文化知识,围绕并扩展本课话题,进行比较自由的表达或讨论,甚至辩论。

阅读·会话·听力 每课配有阅读、会话和听力材料各一篇,内容大都围绕本课课文的话题,尽可能重现课文中的词语和句子、复句结构,用来进行阅读理解、听力理解和会话能力的训练。每篇材料后附有补充生词和练习题,补充生词不要求学习者必须掌握;练习可供课后或语言实验室之用。如果受到课时限制,这一部分也可以不用,以集中力量掌握好主课文及相关的语言点。

二. 第五、六册教学任务的建议

中级阶段的教学是初级阶段的延伸和发展,从语言学习过程来看,仍属基础阶段。教学的主要目的仍是通过大量听、说、读、写的技能训练,进一步提高学习者的汉语交际能力。所不同的是,教材内容反映了更广阔的社会生活,课文由专门为第二语言学习者编写的对话或短文过渡到采用(稍加处理的)原文;语言结构的教学从以单句语法、句式为主,发展到以复句和句群为重点,加强常用词语特别是虚词的教学,增加书面语体的教学,扩大词汇量。总目的就是提高学习者对较广泛的社会生活话题进行成段理解和成段表达的交际能力。因此,第五、六册的教学任务是:

1. 学习者能正确、熟练地掌握每课重点练习的词语、句子结构、复句和句群的用法,并继续加强对汉语语音、汉字及汉语基本语言结构和功能项目的掌握;
2. 学习者能在每课所涉及的话题范围内,掌握用汉语进行交际所必需的中国文化背景知识;
3. 学习者能就每课课文的话题在实际生活中与说汉语者进行一定程度的听说读写的跨文化交际;

前四册《教师手册》所提出的教学注意事项,在本阶段仍可供参考。

三. 本《教师手册》的主要内容

1. 主要语言点:列出本课要教的重点词语、句子结构、复句与句群。
2. 教师参考词汇语法知识:围绕每课要教的主要语言点,给教师提供较多的有关知识,供备课或解答学生问题时参考。这不是必须向学习者讲解的内容,是否要向学习者介绍,由教师根据本班的情况决定。
3. 教师参考课文背景知识:介绍本课文的出处,对名著则说明选为课文时所作的改动;介绍课文的主要内容及相关的时代背景知识;对课文中少量的难句作解释等。这些知识也是供教师参考之用,是否要向学习者说明,也由教师根据本班的情况决定。
4. 课文练习答案:对有固定答案的题目(主要是词语练习及判断句子对错题等)提供参考答案。少量题目不止一个正确答案的,也都列上。
5. 阅读练习答案:提供阅读课文的练习答案。
6. 听力课文和练习答案:为方便教师的使用,听力课文未出现在主课本中。

最后,我们要强调一下:为适应不同的教学情况和不同的学习者的需要,本教材提供了比较丰富的教学内容供教师和学习者选用。其中,每课的课文、生词、语法、练习部分,是希望能被首先选用的核心内容。

编　者
2005 年 10 月

第五十一课　母爱

一、主要语言点

1. 词语例解：各自　如今　不知　便　亲自　真是　朝　竟然
2. 句子结构：……就……
3. 复句与句群：一般并列关系

二、教师参考词汇语法知识

1. 词语例解

（1）各自；亲自

这两个词的基本意思都是"自己"。"各自"表示在有很多方面的情况下，"每个方面自己"；而"亲自"只是强调"自己"，常常表示由于重视某件事必须由"自己"而不是别人去做。

（2）如今；现在

"现在"可以指较长的一段时间，也可以指很短的时间；而"如今"只能指较长的一段时间。

（3）真是；真

"真是"是副词，表示"真的"，强调后边的词语，比"真"程度深。例如：

小屋真是小。（小屋真小。）

那人真是怪。（那人真怪。）

（4）朝；向

介词"朝"与"向"的意思相同，用介词"朝"的句子一般可以换成介词"向"，但两个词的用法也有不同："向"可以修饰抽象动词，如"向人民负责"；还可放在动词后边，如"从胜利走向胜利"，而介词"朝"却没有这些用法。

"头朝东边"中的"朝"是动词，而不是介词。

2. 复句与句群

（1）由两个或两个以上意思上有联系的单句，组成能表达一个完整意思的句子叫复句。组成复句的单句叫分句。复句的定义告诉我们：这些分句之间必须有意思上的联系，在一起构成一个完整的意思。如果各分句在意思上没有关系，也不能构成一个完整的意思，就不叫复句。另一方面，如果一个分句是另一个分句的一部分，就只是一个单句，而不是复句。比如：

大家互相帮助，是我们应该做的。（前一部分是全句主语）

他告诉我们，明天他不能来上课。（后一部分是"告诉"的直接宾语）

前四册我们已经介绍了一些由关联词组成的复句。从本课开始我们将系统地介绍各种复句，包括不带关联词语的复句。

关联词语指连词和起关联作用的副词（如："就、都、又、也、还、更、却"等副词）。

（2）组成复句的各个分句之间如果在语法关系上是平等的，相互之间没有修饰或说明的关系，这种复句就是联合复句。如果两个分句在表达的意义上有主要和次要之分，就叫偏正复句。前一个分句叫正句，后一个分句叫偏句。

本课介绍的是联合复句中的一种，叫并列复句。并列复句的各个分句分别叙述或描写几件有联系的事情、几种情况，或同一事物的几个方面。各个分句之间是并列、平等的关系。例句见课本。

（3）紧缩句是用简明的语言形式（单句）表达一个比较复杂的意思（复句的内容），可以看作是复句紧缩而成的。紧缩句体现了汉语句子经济、简练的特点。

紧缩句只有一个主语，一般有两个谓语成分。谓语成分都很简短，结构紧凑，中间没有语音停顿，也不用逗号隔开，多由动词、动词短语或形容词、形容词短语等充当。紧缩句中的两个谓语，不是并列谓语、连动式或兼语式，也不用"并且"、"而且"、"虽然"、"但是"等关联词语连接，而是用一个或一对副词把一个复句形式压缩成单句的形式（因此，紧缩句一般都能扩展成复句）。紧缩句表达的是复句的内容，谓语必须包含两个相对独立的陈述内容，这两个内容之间有并列、连贯、转折、条件、让步、因果等关系。

要注意的是，紧缩句的结构类型是有限的，结构大体上也是固定的，不能随意创造。因此要求学习者按介绍的紧缩式造句。

本课介绍的是表示并列关系的紧缩句。

（本课句子结构"……就……"实际上就是用副词"就"关联的一种紧缩句。）

（4）句群

句群是由两个或几个句子组合而成的表示一层意思的语法单位。句群的特点有：第一，一个句群包含两个或两个以上的句子（其标志是句号、问号、感叹号、分号等表示句子结束的标点符号）；第二，一个句群表达一个意思，组成句群的句子之间有密切的联系；第三，一个句群有一个主要的意思。

句群内部的结构关系和复句内部的关系基本上是一致的。句群的基本类型有：并列句群、连贯句群、递进句群、选择句群、因果句群、条件句群、转折句群、假设句群、让步句群等。句群的连接，可以使用关联词，也可以不用。

三、教师参考课文背景知识

本课课文选自《读者》2003 年第 16 期（8 月 B）。

本课课文通过描写一位普通母亲对儿子无微不至的关心来表现深深的母爱。

父母对子女的爱，特别是母爱，是人类共有的。在中国传统道德中，子女对父母的"孝"和父母对子女的"慈"更是十分重要的规范。儒家认为孝慈是仁义的根本，是"人伦之公理"，亲子之爱有益于天下之爱。另一方面，有两千多年历史的中国封建家族制度，极端重视传宗接代，延续家世，这就使父子关系超越了夫妻关系，成为家庭关系的主体和核心。父母把子女看作是私有财产，"望子成龙"，因而压抑了他们的独立自主精神。这种长期以来的影响，在今天的社会生活中，也不能说已经不存在了。

由于社会的发展变化，今天在中国"五世同堂"、"四世同堂"的大家庭越来越少了，子女结婚后，往往与父母分开来住，有的则由于在外地工作，而不可能跟父母住在一起，夫妻关系有逐渐成为家庭关系核心的趋势。有的年轻人因为工作繁忙、竞争压力大等原因，与父母的联系少了，所以一首以"常回家看看"为名的流行歌曲，曾引起了广泛的共鸣。

常回家看看

找点空闲，找点时间，
领着孩子常回家看看。
带上笑容，带上祝愿，
陪同爱人常回家看看。
妈妈准备了一些唠叨，
爸爸张罗了一桌好饭。
生活的烦恼跟妈妈说说，
工作的事情向爸爸谈谈。
常回家看看，回家看看。
哪怕帮妈妈刷刷筷子洗洗碗。
老人不图儿女为家做多大贡献呀，
一辈子不容易就图个团团圆圆。
常回家看看，回家看看。
哪怕给爸爸捶捶后背，揉揉肩，
老人不图儿女为家做多大贡献呀，
一辈子总操心就奔个平平安安。

四、课文练习答案

（二）选词填空

1. 朝；2. 不知；3. 真是（当表示强调或感叹时，"可是"也可填入）；4. 如今；5. 竟然；6. 各自；7. 亲自；8. 便

3

（三）用适当的关联词语完成对话

1．又；2．既/又；3．一面；4．一边；5．也　也；6．也；7．也；8．就

（四）根据课文内容判断下列句子对错

1．(－)；2．(－)；3．(－)；4．(＋)；5．(－)

（六）复句练习

1．将左右两部分连起来组成一个完整的并列复句，并将左边的序号填在右边的
括号里

（1）他一边吃着饭　　　　　　　（3）环境也不错，真是不错

（2）对儿子来说，老宋既是父亲　（5）又爱下棋

（3）这个饭店，酒也好，菜也好　（2）又是母亲

（4）她没有抬头　　　　　　　　（1）一边听着音乐

（5）马大为爱好很多，又爱打球　（6）也喜欢现代的

（6）我特别喜欢文学，既喜欢古代的　（4）他也没有抬头

2．将下列句子改成紧缩句

（1）他能写能算。

（2）我弟弟能吃能玩。

（3）她不胖不瘦。

（4）孩子们边唱边跳。

五、阅读练习答案

1．根据阅读课文内容，完成下列句子

（1）来自；（2）读大学　照顾父亲；（3）除了；（4）不但　也；（5）本来；（6）出钱　出力；（7）既　又

六、听力课文和练习答案

听力课文

真　爱

一个冬天的早上，天上飘着雪花，我在又黑又冷的街上等早班公共汽车。不远的地方有一对老年夫妇也在等车，身上落了一层雪，看样子已等了好长时间了。早班车终于开来了，汽车叫着喇叭从老夫妇身旁开过，停在我身旁。我上车后司机便开动了车，把风雪中的老夫妇抛在路旁，老夫妇一边招手，一边好像在说什么。我生气地问司机："难道你没看到那两个老人在招手吗？你为什么不让老人上车？"

"看到了，"年轻的司机高兴地说，"今天是我第一天上班。那是我爸爸、妈妈，他们是来看我第一天上班的。"那一刻，我的心被深深地震撼了。

练习答案

1. 听录音并根据录音内容判断下列句子的对错

(1)（＋）；(2)（－）；(3)（－）；(4)（－）；(5)（＋）；(6)（－）；(7)（＋）；
(8)（－）

第五十二课　祝你情人节快乐

一、主要语言点

1. 词语例解：谢天谢地　勉强　原来　总而言之　因此/因而　并　只好　然而　不禁
2. 句子结构：由于……，所以/因此/因而……
3. 复句与句群：一般因果关系

二、教师参考词汇语法知识

1. 词语例解

（1）勉强

形容词"勉强"可以作谓语和修饰语，可以重叠。作修饰语时，它只修饰动词，不能修饰名词。

"勉强"除了课文中的用法外，还能表示"刚刚达到某种标准"。例如：

这篇文章我勉强把它写完了。

他的英语水平当生活翻译勉强可以，当专业翻译还不行。

（2）原来；本来

"原来"和"本来"都有"起初"的意思，在这个意义上一般可以换用。例如：

我原来想学艺术，后来决定学文学了。（"我本来想学艺术，后来决定学文学了。"）

他们本来不认识。（"他们原来不认识。"）

但在这个意义上，两个词的用法也不完全相同："原来"也作形容词，除了修饰动词短语外，也可以作定语修饰名词短语，如"原来的想法"、"原来的同学"、"原来的教室"。"本来"只作副词，不能修饰名词，只能作状语修饰动词或形容词。

"原来"作形容词，有"情况变化以前"的意思，"本来"没有这个意思。例如：

原来的衣服穿不了了。（不能说⊗"本来的衣服穿不了了。"）

他已经不住在原来的地方了。（不能说⊗"他已经不住在本来的地方了。"）

"原来"还表示"发现了不知道的真实情况"，"本来"没有这个意思。例如：

我说昨天谁来找呢！原来是你啊！（不能说⊗"本来是你啊！"）

很久没有见到他了，原来他出国了。（不能说⊗"本来他出国了。"）

"本来"可以表示"按道理就应该这样做"，"原来"没有这个意思。例如：

他本来就应该向你道歉嘛。（不能说⊗"他原来就应该向你道歉嘛。"）

本来嘛，你来得这么晚，当然大家有意见。（不能说⊗"原来嘛，你来得这么晚，当然大家有意见。")

（3）因此；因而

"因而"和"因此"都可以引进因果关系的结果部分，用法基本相同。两个连词不同的是，"因此"可以连接两个句子，即可以用于句号后；"因而"一般不能连接两个句子，只连接分句，用在逗号的后边。例句见课本"词语例解"。

（4）兴趣；爱好

"兴趣"和"爱好"意思有不同的地方：一般的喜欢，可以称为"兴趣"，只有很浓厚的兴趣，才叫"爱好"。例如：

大家带着很大的兴趣参观了这次展览。

你怎么对什么都感兴趣？

练书法是他的最大爱好。

我只是对京剧感兴趣，谈不上是爱好。

"兴趣"既可以用于事物，也可以用于人，"爱好"不能用于人。例如：

他对这个学生很感兴趣，想了解他的学习方法。（不能说⊗"他对这个学生很爱好，想了解他的学习方法。"）

"兴趣"常用在"有兴趣"、"感兴趣"的短语中；"爱好"不能这样用，不能说⊗"有爱好"、⊗"感爱好"。

"爱好"除了用作名词外，还可以用作动词，可以受副词修饰；"兴趣"只用作名词，不能受副词修饰。例如：

他特别爱好打太极拳。（不能说⊗"他特别兴趣打太极拳。"）

他是四川人，十分爱好辣的菜。（不能说⊗"他是四川人，十分兴趣辣的菜。"）

2. 句子结构

由于……，所以/因此/因而……

连词"由于"可以跟"所以"配合使用，也可以跟"因此、因而"配合使用。连词"因为"后面只能用"所以"，不能用"因此、因而"。例如：

由于他病了，因此今天没有来上班。（不能说⊗"因为他病了，因此今天没有来上班。"）

由于他很努力，因而成绩很好。（不能说⊗"因为他很努力，因而成绩很好。"）

"由于"只能放在前一分句，不能放在后一分句；"因为"则可以放在前一分句或后一分句。例如：

这儿不能种树，因为没有水。（不能说⊗"这儿不能种树，由于没有水。"）

3. 复句与句群

（1）因果复句属于偏正复句，偏句表示原因，正句表示结果。表示原因的关联词（"因"标）或表示结果的关联词（"果"标）可以都出现，也可以省略其中的一个。这决定于我们要强调哪一方面。如果想强调事情的原因，那就只出现"因"标，不出现"果"标；如果想强调事情的结果，那就让果标出现；如果事情的因果都要强调，那就让因标、果标同时出现。

（2）因果复句有一类是"由果推因"。事情的发展，总是原因在前，结果在后，因此，因果复句一般是表示原因的分句在前，表示结果的分句在后。但是，有时为了表达的需要，我们也可以先说结果，后说原因。例如：

我和志强感动得说不出话来，因为来美国4年了，我们还没有过过一次情人节。

他特别有名，是因为他说相声说得很好。

三、教师参考课文背景知识

本课课文写的是一位在美国的中国留学生和他的妻子，在遭遇火灾，烧伤住院后所体验到的人与人之间互相关心、鼓励、帮助的故事。正是这种不分民族、跨越国界的爱心，使遭到不幸或生活在困难中的人们能有勇气奋斗下去，让生活变得美好起来。

八十年代初中国实行改革开放以来，大批的中国学生到海外留学，其中很大一部分到了美国。早期出国留学的学生，特别是自费生，一般经济情况都不太好，他们主要靠有限的奖学金维持生活，靠刻苦学习获得学位。

四、课文练习答案

（二）选词填空

1. 勉强；2. 原来；3. 算是；4. 然而；5. 只好；6. 不禁；7. 并；8. 因此

（三）用恰当的关联词语完成对话

1. 因为；2. 因为……所以……；3. 是因为

（四）根据课文内容判断下列句子对错

1.（－）；2.（－）；3.（－）；4.（＋）；5.（－）；6.（＋）；7.（＋）；8.（－）；9.（＋）；10.（＋）

（六）复句练习

1. 将左右两部分组成一个完整的因果复句，并将左边的序号填在右边的括号里

（1）他被烧得很厉害   （6）是你的鼓励给了我生活下去的勇气

（2）你们还年轻   （3）耽误了三个小时的时间

(3) 由于火车晚点   (4) 每天吃饭都成了问题

(4) 这半年我住在学校的宿舍   (1) 一直都没有醒过来

(5) 赵钢很不好意思   (2) 可以从头再来

(6) 我要好好地谢谢你   (5) 他竟然撞倒了一个漂亮的女孩

2. 将下列句子改成紧缩句

(1) 我钱不够没有买那本书。

(2) 他今天太累想早点休息。

(3) 那个女孩太紧张而说不出话来。

(4) 经理因绝望而想自杀。

五、阅读练习答案

1. 快速阅读一遍短文内容，并判断下列句子的对错

(1)（－）；(2)（＋）；(3)（－）；(4)（－）；(5)（－）；(6)（－）；(7)（＋）

2. 为下列各题选择一个最恰当的答案

(1) C；(2) B；(3) B；(4) A；(5) C

六、听力课文和练习答案

听力课文

牛郎和织女的故事

牛郎是一个贫穷而快乐的小伙子，与他生活在一起的只有一头老牛。牛郎每天种地，回家来还要自己做饭、打扫、洗衣服，日子过得十分辛苦。

一天，牛郎干完活回到家，发现屋子里打扫得干干净净，衣服也都洗得好好的，桌子上还摆着又热又香的饭菜。牛郎非常奇怪，心想：这是怎么回事呢？

第二天，牛郎像往常一样，一大早就出了门，但他没有下地干活，而是在他家旁边的大树后边藏了起来。

没过多久，来了一位美丽的姑娘。她进了牛郎的家门就忙着做家务。牛郎实在忍不住了，就从大树后边走出来，问道："姑娘，请问你为什么要来帮我做家务呢？"那姑娘吃了一惊，红着脸小声地说："我叫织女，因为看到你干活很辛苦，所以才来帮你的忙。"牛郎听了高兴极了，就对她说："那你就嫁给我吧，我们一起劳动，一起生活，好吗？"织女同意了。牛郎和织女从此成为夫妻。每天牛郎到田里干活，织女就在家里织布、做家务。过了几年，他们生了一男一女两个孩子，生活过得很幸福。

一天，天空突然刮起了大风，到处都是黑黑的，什么也看不见。这时候，有两个天将来到了牛郎家。他们对牛郎说："织女是天帝的外孙女。她离开天宫来到了人间，

天帝一直在找她。"说着，两个天将就让织女跟他们回天宫去。织女不愿意离开牛郎和孩子们，死也不肯走。天将就把她抓走了。

牛郎抱着两个孩子，看着远远离去的妻子，伤心极了。他决心要上天宫去把织女找回来。在老牛的帮助下，牛郎挑着自己的两个孩子，飞向天宫。牛郎到了天宫里，天帝不让他和织女见面，用银河把他们隔开。织女不吃不喝，坚决要跟牛郎回去；她的六个姐姐也一起向天帝求情。最后，天帝不得不答应，每年农历的七月初七让织女和牛郎在银河相会一次。那一天，成千上万只喜鹊飞来，在银河上架起一座长长的鹊桥，让牛郎和织女一家团聚。

后来，人们就把农历七月初七，称为中国的情人节。

练习答案

1. 听录音并根据录音内容判断下列句子的对错

(1)（＋）；(2)（－）；(3)（－）；(4)（＋）；(5)（＋）；(6)（＋）；(7)（＋）；(8)（－）；(9)（＋）；(10)（＋）

第五十三课　五味

一、主要语言点

1. 词语例解：直　没法　个　由此　倒　大体　大多　跟……有关　居然
2. 句子结构：不……不行　A/V＋得＋不得了
3. 复句与句群：一般转折关系

二、教师参考词汇语法知识

1. 词语例解

（1）喝个够

我们已经学过的情态补语，都是用"得"与前边的动词或形容词连接的。例如：

　　　　这几句话他解释得很正确。

　　　　有的川菜辣得受不了。

有时候，也可以用"个"来连接。"个"只能用在动词之后，它后边的情态补语没有"得"后边的情态补语那么多的类型，只有两种情况：

　　A．当补语是肯定形式时，一般只用来描述动作的施事者或受事者。用"个"比用"得"更加口语化，而且在动词后、"个"前还能用"了"（"得"前不能有"了"）。例如：

　　　　他们好像要喝个够。（描述"他们"，施事者）

　　　　星期天同学们到郊外玩了个痛快。（描述"同学们"，施事者）

　　　　他被问了个满脸通红。（描述"他"，受事者）

　　B．当补语是否定形式时，一般只用来描述动作，常表示"不停"的意思。例如：

　　　　他高兴得笑个没完。（描述"笑"，动作）

　　　　一路上这孩子哭个不停。（描述"哭"，动作）

（2）倒；却

　　副词"倒"和"却"都表示转折语气，在很多情况下，用法相同。但这两个词也有不同之处。"却"更带有书面语色彩；"倒"在口语中用得较多。例如：

　　　　他离这儿最远，倒来得最早。

　　　　这件事情看起来简单，却十分难做。

　　"倒"表示转折语气，后面常跟表示积极意思的词语；"却"后面的词语没有限制。例如：

　　　　今天刮大风，气温却/倒不低。

　　　　房子很新，里面的东西却放得很乱。（不能说⊗"房子很新，里面的东西倒放得很乱。"）

　　"倒"还有一些其他用法，如让步语气、舒缓语气、追究催促的语气等，"却"没有这些用法。例如：

　　这件衣服样子倒挺好，就是太贵了。（让步）

　　家里养几盆花，倒很有意思。（舒缓）

　　大家等你呢，你倒快点儿啊。（追究、催促）

　　（3）不得了

　　形容词"不得了"表示程度很深，常用在"得"的后边作程度补语，如"好得不得了"、"脏得不得了"、"急得不得了"。口语中用得较多。

　　"不得了"也表示情况很严重，不可收拾。例如：

　　不得了，他发这么高的烧了！

　　这件事让她妈妈知道可不得了。

　　（4）大体；大概

　　"大体"和"大概"都可以用作副词，但意义和用法都不同。

　　"大概"可以表示对数量或时间作不很精确的统计，后边常带数量词或时间词；"大体"后边不能带数量词或时间词。例如：

　　现在大概三点半了。（不能说⊗"现在大体三点半了。"）

　　从这儿到车站大概有 200 米。（不能说⊗"从这儿到车站大体有 200 米。"）

　　"大概"还可以用来推测、估计某种可能性，"大体"不能这样用。例如：

　　他大概明天回来。（不能说⊗"他大体明天回来。"）

　　新来的同学大概是日本人。（不能说⊗"新来的同学大体是日本人。"）

　　"大体"表示"就大多数情况来说"或者"就主要方面来看"，有时可以跟"上"连用，构成"大体上"（就像"基本"与"上"构成"基本上"一样）；"大概"不能这样用，不能说⊗"大概上"。例如：

　　我们的看法大体相同。

　　这封信我大体上看懂了。

2. 复句与句群

　　（1）转折复句也属于偏正复句，偏句说出一个事实，而正句说出一个相反或相对的事实。句子的重心在后边的正句。

　　转折复句有两种：一种是正句与偏句意思完全相反，前边的偏句常用关联词"虽然"，后边正句的关联词常用"但是、但、可是、然而"等。这是一种重的转折。这类重转的复句有时偏句不用"虽然"，转折的语气稍缓和一些。另一种是轻的转折，只在正句里用"不过、却、倒、就是"等关联词。例如：

　　虽然他的身体不太好，但他每天都坚持上课。（重转）

　　他说要给她写信，然而一年过去了，她没有收到他一封信。（重转）

　　家里的情况还好，就是妈妈太累了。（轻转）

　　同学们都来了，老师却迟到了十分钟。（轻转）

房子不大，倒很干净。（轻转）

（2）一般转折复句是在正句（即后一分句）用"但、但是、只是、可是、然而"或"不过、却、就是"等关联词语的转折复句。有时同时使用连词"但、但是、只是、可是、然而"（后一分句开头）和副词"却"（后一分句谓语的前边）。在这些连词和"却"合用而分句中又有主语时，主语在连词和"却"的中间。例如：

他很聪明，但是学习成绩却不太好。

你没有去，可是他却去了。

三、教师参考课文背景知识

本课课文选自《悠闲生活艺术》，贵州人民出版社 1992 年 10 月第 1 版。

1. 本课课文从中国人口味的多样化及中国菜肴南甜北咸东辣西酸的地域特点出发，介绍了中国饮食文化的一个方面。本课中涉及到的一些社会现象是上世纪 80 年代以前中国的情况。

2. "供应老陈醋，每户一斤。"

"文化大革命"期间（1966—1976），中国经济遭到严重破坏，人民的生活资料非常缺乏，不仅粮食、食用油、布等需要由政府限量供应，连"老陈醋"这样的调味品平时也不能在商店里随便买到，只有在过年或过节时，才能按户或按家庭人口供应一定数量。

3. "农贸市场上有很好的苦瓜卖，属于'细菜'，价格很高。"

过去，北京冬天由于天气较冷，不能种植蔬菜，居民吃的主要蔬菜是大白菜。所以课文中说"北京人过去就知道吃大白菜"，而且养成了"吃大白菜的习惯"。每年冬初大白菜成熟的时候，城市居民家家都会买很多，储存在家里，吃上一个冬天。而其他的菜，往往是从南方运来的，或者在当时北京还很少的温室里种植的，品种不多，价钱也很贵，叫作"细菜"。八十年代以来北京郊区建了很多蔬菜基地，在温室里能种植多种蔬菜；南方各地的蔬菜也能源源不断地运来。所以现在北京的居民在冬天也能吃到各种各样的蔬菜，大白菜反而吃得少了，城市居民也很少有人再在家里储存它。所谓"细菜"的说法也就很少再听到了。

4. "长沙火宫殿的臭豆腐因为一个大人物年轻时经常吃而出了名。"

这里"大人物"指的是毛泽东。

四、课文练习答案

（二）选词填空

1. 一直　直；2. 没法　有办法；3. 由此　可见；4. 因为；5. 虽然　倒；6. 到

倒；7.大多　太多　大体；8.大多　大体

（三）用恰当的关联词语填空

1. 所以/因此；2. 但是/可是/然而；3. 但是/然而/可是　却；4. 但/但是/可是/然而　却；5. 就是；6. 也；7. 虽然　但/但是/可是；8. 虽然　却　所以/因此

（四）根据课文内容判断下列句子的对错

1.（－）；2.（＋）；3.（－）；4.（＋）；5.（－）；6.（－）；7.（－）；8.（＋）

（六）复句练习

1. 将左右两部分连起来，组成一个完整的转折复句，并把左边的序号填在右边的括号里。

（1）那种"气死"看起来很漂亮　　　　（2）不过价钱也贵得不得了

（2）那只皮包是好看　　　　　　　　（5）但是每次给他打电话他都说没有时间

（3）火车没有飞机快　　　　　　　　（1）可是味道却臭得不得了

（4）学校食堂的饭菜没有家里的好吃　（6）可又有比较高的收入

（5）他嘴里总是说有困难就找他　　　（4）但是却让我节省了很多时间

（6）她希望工作清闲一点　　　　　　（3）可是我觉得它更舒服

2. 将下列紧缩句改成带有标志的转折复句

（1）虽然有好心，但却没有好报。

（2）那个孩子虽然人小，但心不小。

（3）他总是会说，然而/可是不会做。

（4）爱我的但是我不爱，我爱的却不爱我。

（5）虽然受不了，但是也得受啊！

五、阅读练习答案

1. 快速阅读一遍短文，并判断下列句子的对错

（1）（－）；（2）（＋）；（3）（－）；（4）（－）；（5）（－）；（6）（－）；（7）（＋）；（8）（＋）

六、听力课文和练习答案

听力课文

酒 吧 文 化

"酒吧"进入中国以后，受中国传统文化的影响，成了有中国文化特色的酒吧文

化。它跟欧美酒吧文化大不一样。首先是营业时间。欧美的酒吧一般是下午开始营业，许多顾客一下班就来到酒吧，喝上一杯啤酒，吃点东西，常常一泡就是一个晚上，认识许多的朋友。而中国酒吧的顾客常常是吃完晚饭才来，所以中国的酒吧一般晚上才开始营业。其次是酒的销售量，也许是受中国酒文化的影响，中国酒吧啤酒的销售量一般比外国酒吧多。再就是泡酒吧的目的。欧美人泡酒吧是为了享受跟酒友们认识、聊天的快乐。走出酒吧以后，也许他们并不来往。而中国人却不一样，泡酒吧一般是几个老朋友在一起，边喝边聊，不喝个够不回家。

练习答案

1. 听录音并根据录音内容判断下列句子的对错

(1)（－）；(2)（＋）；(3)（＋）；(4)（－）；(5)（－）；(6)（＋）

第五十四课　让我迷恋的北京城

一、主要语言点

1. 词语例解：到处　所　仅仅　于　甚至　有时　各种各样　多得多
2. 句子结构：一 + V，……
3. 复句与句群：一般承接关系

二、教师参考词汇语法知识

1. 词语例解

（1）所

助词"所"的用法之一是，"所 + V"构成名词性短语。一般说来，又有以下几种情况：

A．"所"用在单音节及物动词前，组成一个名词性短语。例如：

据我所知，他今天是不会来了。（"我知道的情况"）

这是他亲眼所见，一定错不了。（"他亲眼见到的情况"）

B．"所"用在主谓短语的动词前，后面带"的"，使这个主谓短语成为名词性短语。例如：

这件事不是我一个人所能做到的。（"我一个人能做到的事"）

现在的北京跟我几年前所熟悉的可大不一样了。（"我几年前熟悉的北京"）

C．"所"用在主谓短语的动词前，加"的"，修饰后面的名词。例如：

我所了解的情况都告诉你了。

他所住的这个小区非常有名。

（2）于

第 45 课已经介绍过，介词"于"用在动词后，与名词构成介词短语作补语，用来表示时间、处所、来源、对象、目标、原因等。例如：

他生于 1910 年。

那个病人死于胃癌。

介词短语补语中的"于"，除了课本中所介绍的用法外，还表示"给"的意思。例如：

老教授献身于古代汉字的研究。

这次试验成功，首先应该归功于组长。

（3）甚至

副词"甚至"常放在要强调的词语的前边，有时用于"连……都/也……"的句式里（"连"也可省去，见课本中的例句）。

连词"甚至"也是用来表示强调，常连接并列的名词、形容词、动词、短语或分句，"甚至"的后面是要突出的部分。例如：

这位作家白天、晚上甚至夜里都在写作。

在城市，在农村，甚至在山区，人们都知道这个故事。

他匆匆地上班了，甚至连衣服也没有换。

她的汉语水平提高得很快，甚至鲁迅的小说也能看懂。

"甚至于"的意思和用法跟"甚至"基本相同。

（4）多得多

"得多"可以在形容词后作程度补语，表示程度深（第39课），如"好得多"、"快得多"、"幸福得多"等。"A＋得多"常用来表示比较。

2. 复句与句群

承接复句是一种联合复句，将连续发生的几个动作或几件事，按先后次序叙述。因此，各分句之间的次序，不能颠倒。

第36课介绍过"一……就……"结构表示两个动作或两件事情紧接着发生。这是一种承接关系，当这两个动作或事情属于同一主语时，这个单句就可以看作承接复句的紧缩句。

三、教师参考课文背景知识

1. 本课课文是一位曾经在北京学习过的外国留学生的作品。这篇课文写的是作者眼中的北京和北京正在发生的巨大变化。

2. "中轴路上的鼓楼"

中轴路是北京这座古城的生命线，北京著名的天安门、故宫、钟楼、鼓楼都建造在这条中轴路上。

3. "景山上的老槐树"

景山公园曾有一株老槐树，传说公元1644年李自成率领农民起义军打进北京城后，明朝最后一个皇帝——崇祯皇帝在这株老槐树上自缢而死。

4. "可是我们老北京人就好这一口儿"

"好这一口儿"，是北京土话，表示爱好某种食物、饮料或烟酒之类的东西。

四、课文练习答案

（二）选词填空

我一直住在这个地区，对周围的一切都很熟悉，我的住处附近有银行，有邮局，还有很大的超市，一切都很方便。邻居们都是普通老百姓，还有很多是"老北京"，他们人都很好，对我也很<u>热情</u>，无论我遇到什么问题，他们都主动帮我<u>解决</u>，跟他们住在一起我觉得很<u>开心</u>。晚上，大家睡得很早，到处都安安静静的。我这人<u>性格</u>比较好静，不大喜欢王府井那样<u>热闹</u>的地方，所以，住在这里也许真是一个最好的<u>选择</u>了。

（三）根据事件的先后顺序，用恰当的关联词语完成对话
1．先　然后/接着；2．先　再；3．先　然后；4．一　就；5．先　然后；6．于是；7．又

（四）根据课文内容判断下列句子对错
1．（－）；2．（＋）；3．（－）；4．（＋）；5．（＋）；6．（－）

（六）复句练习
1．将左右两部分连起来，组成一个完整的承接复句，并把左边的序号填在右边的括号里

（1）他刚从地铁车站里走出来	（2）下面的乘客再上
（2）先让车上的乘客下来	（4）一下子就喝干了
（3）文章后面那位著名作家的名字竟然不见了	（1）就听到马路边有唱京剧的声音
（4）大家举起杯	（5）然后借了几本书
（5）她在图书馆先办了一张借书证	（6）接着就紧紧地拥抱在一起
（6）他们俩先是一惊	（3）取代它的是一个陌生的名字

2．将下列词语和分句按照事件的时间顺序，改成承接复句
（1）她打开门，走进房间，脱下外衣。
（2）老师走进教室，看了看全班同学，开始点名。
（3）他锻炼完身体，回到宿舍，叫醒同屋阿里，两个人一起去吃早饭。
（4）小吴看了看宿舍里没有人，才把那封信拿出来，在灯下慢慢看起来。
（5）来，快坐下，先喝口水，再慢慢说。

五、阅读练习答案
1．快速阅读一遍短文内容，判断下列句子的对错
（1）（－）；（2）（＋）；（3）（＋）；（4）（－）；（5）（＋）；（6）（－）；（7）（＋）；
（8）（－）

六、听力课文和练习答案

听力课文

挖一口自己的井

在南山和北山的庙里各住着一位和尚。每天早上他们都要下山到同一条河里挑

水，互相打招呼，说："早啊，挑水来了。"差不多有三年的时间，天天这样，因此，他们成了好朋友。南山的和尚对北山的和尚说："有空儿，来小庙坐坐。咱们一起聊聊。""好的，有空儿，我一定去拜访您。"北山的和尚说。

一天，南山和尚下山挑水没见到北山和尚，心想，他是不是病了？第二天、第三天他还是没见到北山和尚下山挑水，南山和尚心里有点儿着急了，不知北山和尚发生了什么事情。他决定上北山去看看老朋友。他爬上北山，走进小庙，看见北山和尚正在扫地。他不禁大声地问道："你怎么了？好几天没见你到山下挑水了，是不是病了？"

"没病，我身体很好。"

"没病？怎么不下山挑水？难道你这几天都没喝水吗？"

北山和尚没有回答他的问题，拉着他的手走到一口井的旁边，说："三年了，我每天挑完水，就要挖一会儿井，现在，井挖成了，水也有了。所以我再也不用下山挑水了。我可以干自己想干的事情了。"

看到北山和尚的这口井，南山和尚也想挖一口属于自己的井。

我们在人生道路上，是不是也该挖一口属于自己的"井"？挖一口什么样的井？这口井该怎么挖？得由每个人自己来决定。

练习答案

1. 听录音并根据录音内容判断下列句子的对错

(1)（－）；(2)（＋）；(3)（＋）；(4)（－）；(5)（＋）；(6)（－）

第五十五课 新素食主义来了

一、主要语言点

1. 词语例解：基于 以及 毕竟 将 估计 大约 以 还是……好
2. 句子结构：因……而……   之所以……是因为……
3. 复句与句群：目的关系

二、教师参考词汇语法知识

1. 词语例解

（1）以及；和

"以及"与"和"都是连接并列成分的连词。"以及"可以连接并列的名词、动词、介词短语和分句；"和"不能连接分句。例如：

> 他问我那儿的东西贵不贵，住得好不好，以及天气怎么样。（不能说⊗"他问我那儿的东西贵不贵，住得好不好，和天气怎么样。"）

"以及"连接的并列成分，在意思上可以有主次轻重的分别（前边是主要的）；"和"连接的成分都是平等的。

（2）毕竟；究竟

副词"毕竟"用来强调事物的状态、性质、特点，或强调所得出的结论，有"不管怎么说，终究还是这样"的意思。"究竟"在陈述句中也是表示"不管怎样，结论不变。"例如：

> 他毕竟/究竟读过大学，这方面的知识还了解一些。
>
> 这位教授每天工作十个小时以上，但他毕竟/究竟已经是快七十的人了。

"究竟"可以用在疑问句中，追究事情的真相或原因；"毕竟"不能这样用。例如：

> 究竟是谁提出这个建议的？（不能说⊗"毕竟是谁提出这个建议的？"）
>
> 出发的时间究竟是十点还是十点半？（不能说⊗"出发的时间毕竟是十点还是十点半？"）

（3）以

本课出现了"以"的两个用法：

A. "以"作为介词有"用、拿"的意思，常用在"以……为……"的格式中，意思是"把……作为……"或"认为……是……"。例如：

> 那些写字楼的白领小姐以素食为午餐。
>
> 这套汉语书以中级水平的学习者为主要对象。

B. "以"作为连词，见课本中的说明。这一用法是本课的教学重点。

（4）满足；满意

"满足"和"满意"都表示符合自己的心意，感觉很好。"满足"还有"已经够了，不需要更多"的意思。例如：

　　　　能住这样的房子，我就很满意了。（能住上这样的房子，就很好。）

　　　　能住这样的房子，我就很满足了。（我没有别的要求了。）

"满意"一般是指对别人或某一事物的感觉；"满足"主要是指自身的感觉。例如：

　　　　我对这个饭店的服务很满意。（不能说⊗"我对这个饭店的服务很满足。"）

　　　　爸妈对他这次考试成绩很满意。（不能说⊗"爸妈对他这次考试成绩很满足。"）

　　　　这次才考了75分，他就很满足了。

"满意"的对象常常是具体的人、事、情况，一般要用介词"对"引进（见上边的例句）；"满足"可以直接带宾语，宾语常常是"要求、需要、希望、条件"等比较抽象的词。例如：

　　　　学校的新决定满足了学生们的要求。（不能说⊗"满意了学生们的要求。"）

　　　　公司认为可以满足职工提的条件。（不能说⊗"满意职工提的条件。"）

2. 句子结构

"因……而……"句式可以看作是因果复句的紧缩形式，着重说明原因。有时"因"后面还加上"的原因"，成为"因……（的原因）而……"。"因"的用法基本上与"因为"相同，多用于书面语。

"为……而……"句式是目的复句的紧缩形式，着重说明目的。

3. 复句与句群

从意义上看，目的复句可以分成积极目的句和消极目的句两类。积极目的句表示希望达到什么目的，而消极目的句表示希望避免出现什么情况。例如：

　　　　刚搬进这所新房子我就装了一部电话，以便和朋友们保持联系。

　　　　　　　　　　　　　　　　　　　　　　　　　　　　　　　（积极目的句）

　　　　刚搬进这所新房子我就装了一部电话，以免和朋友们失去联系。

　　　　　　　　　　　　　　　　　　　　　　　　　　　　　　　（消极目的句）

　　　　刚搬进这所新房子我就装了一部电话，省得到街上找公用电话。

　　　　　　　　　　　　　　　　　　　　　　　　　　　　　　　（消极目的句）

　　　　刚搬进这所新房子我就装了一部电话，免得有急事找不到电话。

　　　　　　　　　　　　　　　　　　　　　　　　　　　　　　　（消极目的句）

目的复句和因果复句有一定的关系。目的复句中表示行为的分句可以转换成因果复句中表示结果的分句，目的复句中表示目的的分句可以转换成因果复句中表示原因的分句。例如：

　　　　刚搬进这所新房子我就装了一部电话，以便和朋友们保持联系。（目的复句）

　　　　因为要和朋友们保持联系，所以刚搬进这所新房我就装了一部电话。（因果

复句）

三、教师参考课文背景知识

本课课文选自《绿色家园》2001年第二期。

1. 本课课文说的是素食与保护环境、保护动物以及人类健康的关系，重点在于讨论"环保"问题。

2. "也不是扮'酷'"

"酷"是英语cool的音译，是新的流行词语。"扮酷"有故意表现出时尚、独特或深沉、潇洒的意思。

四、课文练习答案

（二）选词填空

1. 基于；2. 将；3. 因……而……；4. 以及；5. 跟……有关；6. 估计　大约；7. 以；8. 基于　将　以；9. 毕竟；10. 大约；11. 将；12. 为……而……；13. 毕竟；14. 还是……好；15. 估计　因……而……

（三）用"之所以……是因为……"改写下面的句子

1. 那家超市之所以顾客总是很多，是因为那儿的东西物美价廉。

2. 同学们之所以都有意见，是因为图书馆关门的时间太早。

3. 我之所以开始吃素，是因为我父母都是素食主义者。

4. 张老师之所以每天都骑车上班，是因为现在街上堵车堵得太厉害了。

5. 李刚之所以很小就读了鲁迅的作品，是因为受到父亲的影响。

6. 很多大学生之所以买了手机，是因为移动电话的话费降低了。

7. 留学生们之所以都愿意在那儿租房住，是因为那个住宅小区条件很好，而且离学校很近。

8. 大家之所以喜欢那个孩子，是因为他十分活泼、聪明。

（四）根据课文内容判断下列句子对错

1.（−）；2.（＋）；3.（−）；4.（＋）；5.（−）

（六）复句练习

1. 将左右两部分连起来，组成一个完整的目的复句，并把左边的序号填在右边的括号里

（1）那些人选择了素食　　　　　（3）是因为顾客对产品的质量不满意

（2）他太胖了，应该少吃肉　　　（6）全都是为了你啊

（3）之所以工厂改变了设计方法　（1）为的是保护我们的地球

（4）我让你把电子邮箱地址告诉我（5）那位作家每天都工作到很晚才睡觉

(5) 为了早日完成自己的著作　　　(4) 为的是经常跟你联系

(6) 你母亲这样做　　　(2) 以有利于健康

五、阅读练习答案

1. 快速阅读一遍短文内容，判断下列句子的对错

(1)（＋）；(2)（－）；(3)（－）；(4)（－）；(5)（＋）；(6)（＋）；(7)（－）；
(8)（＋）

六、听力课文和练习答案

听力课文

长寿岛上人长寿

湖北省有个两平方公里的小岛，叫长寿岛。生活在这个岛上的居民，每200人中就有一位百岁老人。岛上居民平均寿命85岁。这里80多岁的人还能捕鱼、种菜，70多岁还算是年轻人。

106岁的黄婆婆，有四个儿子、两个女儿，大女儿已经80多岁了。现在全家一共有五代，儿孙30多人。

黄婆婆性格开朗，常跟儿孙们一起唱歌、跳舞。去年7月还跟20多位百岁老人到外地去参观旅游。

记者去采访，问他们为什么都长寿？岛上的人有个说法，第一是一日三餐吃的食物差不多都是米饭、新鲜蔬菜和新鲜鱼，很少吃猪肉。第二是岛上空气好，气候温和，生活环境很理想。第三是大家都经常参加劳动，不是捕鱼，就是种地。像张老汉已经80多岁了，现在每天还和78岁的妻子下湖捕鱼。第四是岛上的居民比较团结和睦，他们大多有些亲戚关系，在生活中都能做到互相关心，互相帮助。休息的时候，人们有在一起聊天的习惯，大家常保持一种快乐的心情。所以生活在小岛上的居民大都健康长寿。现在已有不少旅游爱好者常去小岛游览，享受这让人长寿的自然环境。

练习答案

1. 听录音并根据录音内容判断下列句子的对错

(1)（＋）；(2)（－）；(3)（－）；(4)（－）；(5)（＋）；(6)（－）；(7)（＋）；
(8)（＋）

第五十六课　世界"杂交水稻之父"袁隆平

一、主要语言点

1. 词语例解：曾经　好 +（V）　满　十分　一成　再也没/不　以上　至少
2. 句子结构：哪怕……，也/都……
3. 复句与句群：让步转折关系（1）

二、教师参考词汇语法知识

1. 词语例解

（1）曾经；已经

"曾经"表示以前存在过或发生过的某种行为或情况；"已经"表示行为或事情的完成。前者所指的时间比较远一些，后者比较近。例如：

> 我曾经找过他好几次，都没有找到他。（以前）
> 我已经找到他了。（最近）

"曾经"所指的动作或情况现在已经结束；"已经"所指的动作或情况可能还在继续。例如：

> 我曾经在这个公司工作过两年。（现在不在这个公司了）
> 我已经在这个公司工作两年了。（现在还在这个公司工作）

（2）好（hǎo）；好（hào）

形容词"好"（hǎo）除了用来表示优点多、让人满意以外，还可以用来表示：

A. 动作完成。例如：

> 练习做好了。
> 房子还没有盖好。

B. 动作容易。例如：

> 这篇文章好懂。
> 这个地方好找。

C. 动作的效果。例如：

> 这部电影很好看。
> 这首歌很好听。
> 这种花不好闻。

D. 比较的结果。例如：

> 还是妈妈对我好。
> 你还是别同意做这件事的好。

副词"好"（hǎo）常用在数量词、时间词或形容词"多"、"久"之前，强调数量多或时间久。例如：

　　好久不见，你怎么样？

　　他们学校有好几百个老师。

　　副词"好"（hǎo）也可以表示程度深，常用在形容词前，如"好大"、"好辛苦"，或动词前，如"好喜欢"、"好害怕"（见第57课）。

　　"好"（hào）是动词，表示喜爱，如"好动"、"好哭"、"好吃"、"好热闹"等。

　　（3）十分；非常

　　这两个副词意思接近，一般都比"很"的程度深。有两点用法不同：

　　A."非常"可以重叠使用；"十分"不能。例如：

　　　　这部电影非常非常好看。（不能说⊗"这部电影十分十分好看"。）

　　　　他非常非常绝望。（不能说⊗"他十分十分绝望"。）

　　B."十分"前可用"不"，表示程度低；"非常"前不能加"不"。例如：

　　　　他的态度不十分积极。（不能说⊗"他的态度不非常积极"。）

　　2. 句子结构

　　再也没/不……；没/不再……

　　"再"与否定词合用，"再也没/不……"或"没/不再"都表示动作不重复或不连续。但"没/不再"语气比较缓和，"再也没/不……"语气更强，有"永远不"的意思。例如：

　　　　他说他最近特别忙，下星期不再来了。（语气缓和，说明没时间来）

　　　　这家饭店的服务很不好，他说他再也不来了。（语气强硬，不愿意再来）

　　　　他走了以后没有再来。（陈述没有再来的事实）

　　　　他走了以后再也没有来（过）。（强调没有来）

　　3. 复句与句群

　　（1）让步转折句（一）

　　让步转折句是先让步后转折。让步转折句又分四类：实让、虚让、总让、忍让。本课讲前两种。

　　A. 实让

　　实让是对事实的让步，是容忍性的让步。这种让步承认A事件的存在，却不承认A事件对B事件的影响。这种复句用A事件从反面衬托B事件，目的是使B事件特别突出，引人注意，语义重心在描写B事件的分句。这类复句的主要标志是"虽然……但是/可是……"、"尽管……还是/但是/可是……"等。"尽管"比"虽然"语气重。例如：

　　　　虽然情况越来越坏，但是我们的行动计划不能改变。

　　　　天气虽然不好，但大家的心情都很不错。

尽管天很黑，但那座山的轮廓还是能看清楚的。

尽管温度不高，但人们还是感到很热。

有时描述 B 事件的分句也可以在前边（例句见课本）。

B．虚让

虚让是对虚拟情况的让步。和实让一样，这种复句也是从相反或相对的方面来衬托一件事，强调 B 事件不受 A 事件的影响，只不过 A 事件是一种假设，不是事实。常用的标志是"即使……也……"、"哪怕……也……"、"就是……也……"、"纵然……也……"等。"即使"、"哪怕"、"就是"、"纵然"等的意思差不多，"纵然"多用于书面。例如：

即使天塌下来，我们也不怕。（天塌不下来。）

哪怕是刀山火海，我们也得上。（并无刀山火海。）

纵然有一万个理由，你也不应该打人。（不可能有一万个理由。）

（2）让步句群

两个或几个句子之间有让步关系的句群叫让步句群。这种句群，通常是一个句子表示退让一步，把某种已实现或未实现的事情当作推论的真实条件，另一个句子说明依据这一条件产生的结果。让步句群使用的关联词有"即使、哪怕、尽管、就算、纵然"等。

三、教师参考课文背景知识

1．本课介绍的是中国工程院院士、"杂交水稻之父"——袁隆平的故事。

这位世界著名的科学家，几十年来一直从事培育杂交水稻的研究。经过几千次的失败，1973 年他终于在世界上首次培育成了杂交水稻品种，把水稻产量从每亩 300 公斤提高到 500 公斤以上，1997 年实现每亩 700 公斤以上，2004 年 9 月又实现了亩产超过 800 公斤的目标。现在中国种植的水稻中有一半采用了这种新的品种。在中国城市不断扩大，耕地面积每年减少几百万亩而人口每年增加一千多万的情况下，袁隆平的科学研究为解决"中国人能养活自己"的问题做出了很大贡献，也为实现"养活全世界"的目标做出了很大贡献。所以，2004 年他除了获得"世界粮食奖"这一农业科学最高荣誉外，还获得以色列"沃夫奖"和泰国"金镰刀奖"。

2．袁隆平培育杂交水稻品种的科学研究是"革命性"的，因为他打破了传统的理论。当时经典的教科书认为，稻、麦等自花授粉的作物自交有优势，杂交则会导致退化。而袁隆平却通过长期的研究，挑战经典，发现了水稻的杂交优势。他利用杂交优势和野生稻的增产基因培育出产量提高近两倍的超级稻。国际上评论他的研究是在脱离了西方"农业科学源头"的情况下，由中国人自己创造出来的一项成果。

四、课文练习答案

（二）选词填空

1.已经；2.曾经；3.十分　不；4.不　十分；5.十分；6.再也不；7.再也没；8.至少　成；9.以上；10.好　满

（三）用恰当的关联词语填空

1.虽然　但　也；2.尽管/虽然　但是；3.还是　尽管；4.虽然/尽管　但是；5.即使/哪怕/就是　也；6.即使/哪怕/就是　也；7.即使/哪怕/就是　也；8.再　也；9.再　也

（四）根据课文内容判断下列句子对错

1.（＋）；2.（－）；3.（＋）；4.（－）；5.（＋）；6.（－）；7.（－）；8.（＋）；9.（＋）

（六）复句练习

1. 将左右两部分连起来，组成一个完整的让步转折复句，并把左边的序号填在右边的括号里

(1) 尽管他已经退休了　　　　　(2) 但走着去也要很长时间
(2) 虽然路不是很远　　　　　　(4) 尽管子女可能不喜欢听
(3) 尽管两个人坐得挺远　　　　(1) 但他还是像以前一样不断地学习新的东西
(4) 该说的当父母的一定要说　　(5) 但他还是坚持每天晚上去餐厅打工
(5) 尽管学习非常忙　　　　　　(6) 你打人也是没有道理的
(6) 哪怕理由再正确　　　　　　(3) 可她美丽的样子他还是看得清清楚楚

2. 模仿例句，将下列句子改成紧缩句

(1) 人品不好长得再好也没有用。
(2) 我们自己再苦也不能苦了孩子。
(3) 理由再多也不能去做坏事。
(4) 我们自己再忙也不能不照顾父母。

(1) 看法不正确也可以说出来。
(2) 你生病吃不下东西也得吃一点儿。
(3) 你不想结婚也可以交朋友。
(4) 今天不刮风我也不想去。

五、阅读练习答案

1. 快速阅读一遍短文内容，判断下列句子的对错

(1)（＋）；(2)（－）；(3)（－）；(4)（＋）；(5)（－）；(6)（＋）；(7)（－）；(8)（－）

六、听力课文和练习答案

真诚的赞美

在国外留学，我非常想念在国内的男朋友，除了发电子邮件，我几乎每星期还要给他写一封信。由于怕丢失，我都是寄的挂号信。

但是，我发现那个管理挂号信的营业员对自己的工作好像不太感兴趣，脸上没有一点儿笑容，工作也很马虎。我想，她要是把我的信搞丢了怎么办？我得想办法让她高兴高兴。

一次，当她正在贴邮票的时候，我非常认真地对她说："您的皮肤很漂亮！"

她抬起头来，怀疑地问："真的？"

"当然是真的！您有三十多岁了吧？怎么肤色跟二十来岁的女孩差不多？"

我话还没说完，她就开始跟我愉快地交谈。当我要离开时，她还说："很多人都曾问过我是怎么保养的，其实我从来没用过任何化妆品，天生就是这样。"

一个四十多岁的女士受到一个二十几岁的女孩子的赞美，我敢保证，她回家后一定会照照镜子，会跟她先生聊这事儿。

从那以后，我每次上她那儿办事，她都跟我打招呼，十分热情地接待我。由此可见，真诚地赞美别人，不但别人得到了快乐，而且自己也收获了快乐。这样，我们的生活就会增加一些温暖。人人都有可称赞的地方，你只需要真诚地把它说出来，你就会收到快乐！

1. 听录音并根据录音内容判断下列句子的对错

（1）（ - ）；（2）（ + ）；（3）（ - ）；（4）（ - ）；（5）（ + ）；（6）（ - ）；（7）（ + ）；
（8）（ + ）

第五十七课 初为人妻

一、主要语言点

1. 词语例解：对于 好 必定 时刻 立即 当 如何 开来
2. 句子结构：只……不…… V + 起来
3. 复句与句群：递进关系

二、教师参考词汇语法知识

1. 词语例解

（1）对于；对

介词"对于"和"对"都可以表示对待的关系，都可以引进与动作行为有关的事物，也就是动作的受动者或动作涉及的事物。用"对于"的地方一般都能换用"对"。例如：

> 对于/对课文中的一些生词，老师没有都讲。
>
> 对于/对这件事我不同意你的看法。

但是，当表示人与人之间对待的关系时，一般用介词"对"，而不用"对于"。例如：

> 张老师对学生非常热情。（不能说⊗"张老师对于学生非常热情。"）
>
> 大家对这位画家很尊重。（不能说⊗"大家对于这位画家很尊重。"）

介词"对"还可以指示动作的对象，有"朝"、"向"的意思；"对于"不能这样用。例如：

> 他对我笑了笑。（不能说⊗"他对于我笑了笑"。）
>
> 他站起来对大家说。（不能说⊗"他站起来对于大家说。"）

（2）必定；一定

"必定"和"一定"都表示确信某事或表示意志坚决。"一定"可以受"不"修饰，有时也可以单独用；"必定"没有这样的用法。例如：

> 明天他不一定有时间。（不能说⊗"明天他不必定有时间。"）
>
> 明天你一定能来吗？（不能说⊗"明天你必定能来吗。"）

（3）谈论；议论

本课同时出现了这两个词。"谈论"和"议论"都是对人或事发表看法，基本意思相同。"谈论"有时更强调用谈话的方式表示对人或对事的看法，比"议论"正式一些。例如：

29

王教授讲中国文学史的时候，常常谈论作家的一些性格特点。

你们对他有意见可以向他提出来，不要在背后议论了。

"谈论"只能用作动词；"议论"既是动词，也是名词，可以说"发表议论"、"听到议论"、"这些议论"等。

(4) 时刻；时候

"时刻"表示某一个特定的、比较短的时间；"时候"多用于表示某一段长度界限不很明确的时间。例如：

他拿到了大学的入学通知书。这是他盼望已久的幸福时刻。（不能用"时候"）

在他生命的最后时刻，他非常想见一见他的儿子。（不能用"时候"）

放假的时候他也很少休息。（不能用"时刻"）

"时刻"前边不能用数量词修饰，例如不能说⊗"十点的时刻"、"两分钟时刻"；"时候"可以。

(5) 当（dàng）；当（dāng）

本课学的是动词"当（dàng)"，有"作为"、"看作"的意思，也常说成"当做"。例如：

这个房间可以当（做）客厅用。

他立刻推开门，两步当（做）一步走。

"当（dàng)"的这个意思常用在"把"字句或"被"字句中。例如：

他们都把我当亲人。

你把我当什么人了？

那封信被他当废纸扔了。

我们以前学过的"当（dāng)"，用得最多的还是介词，表示事件发生的时间，如"当他上课的时候"、"当我毕业那一年"。动词"当（dāng)"表示"担任、充当"的意思，如"当经理"、"当演员"等。

(6) 要不然；要不

"要不然"与"要不"用法基本相同，详见第59课。

(7) 如何；怎么

"如何"有"怎么"的意思，多用于书面，一般可以代替"怎么"。但以下几种情况，不能用"如何"：

A. "怎么＋V/A"，用来询问原因。"怎么"相当于"为什么"。例如：

他怎么来了？（不能说⊗"他如何来了？"）

屋里怎么这么冷？（不能说⊗"屋里如何这么冷？"）

B．"怎么 + M + N"，用来询问人或事的性状。例如：

那是怎么一回事儿？（不能说⊗"那是如何一回事儿？"）

他是怎么一个人？（不能说⊗"他是如何一个人？"）

C．"不 + 怎么 + V/A"，减轻否定的语气。"怎么"相当于"很"。例如：

今天不怎么冷。（不能说⊗"今天不如何冷。"）

我现在还不怎么会开车。（不能说⊗"我现在还不如何会开车。"）

D．"怎么"用于句首表示惊异，不能用"如何"。例如：

怎么，你又不去了？（不能说⊗"如何，你又不去了？"）

"如何"可用于问句的句末，"怎么"不能。如：

你家里的情况如何？（不能说⊗"你家里的情况怎么？"）

（8）开来；开

"开来"作补语，表示人或事物随动作分开，或从一点往外分散。当后边没有宾语时，既可用"开来"也可用"开"，意思基本相同；当后边有宾语时，用"开"，不用"开来"。例如：

请把书打开。（可以说"请把书打开来。"）

现在请大家打开书。（不能说⊗"现在请大家打开来书。"）

"开"作补语还可以表示离开，表示清楚、开阔以及表示动作开始的意思。这些情况下不能用"开来"。例如：

你要一直在这儿等，不要随便走开。（不能说⊗"不要随便走开来。"）

这件事情你要想得开。（不能说⊗"这件事情你要想得开来。"）

一看到亲人她就哭开了。（不能说⊗"一看亲人她就哭开来了。"）

2．句子结构

V + 起来

"起来"作补语，可以表示以下的意思：

A．表示人或事物随动作由下而上。这是基本意义。例如：

我从床上坐了起来。

他拿起一个苹果来。

B．表示动作开始并继续，重点在开始。这是引申意义。例如：

大家高兴地唱起歌来。

这个问题大家讨论不起来。

C．表示事物结合、连接甚至固定。（例句见本课语法）

D．做插入语或者句子的前部分，表示估计或从某一方面来看的意思。（例句见本课语法）

3．复句与句群

递进复句与并列复句的比较：

他不仅会唱歌，还会作曲。（递进）

他会唱歌，还会作曲。（递进）

他会唱歌，也会作曲。（并列）

他会唱歌，会作曲。（并列）

三、教师参考课文背景知识

本课课文选自《中国当代散文鉴赏辞典》，中国集邮出版社1989年6月第一版。

1．本课课文写的是一个新婚的女子如何逐渐接受并习惯婚后的生活和"妻子"的角色，并从中获得了对婚姻、家庭、事业、男女平等和爱情的新的认识。

2．"如果我是个男孩，必定像孙悟空一样，是一个天不怕地不怕的好汉。"

孙悟空是我国著名的古典小说《西游记》里的主要人物，他是一个具有反抗精神的英雄；他蔑视封建的权威，大闹天宫，敢于向天宫的最高统治者挑战，所以说他是天不怕、地不怕的好汉。

3．"少年不识愁滋味"

课文中引用这句话的意思是：你们还小，没有什么生活经验，还不知道生活中酸甜苦辣的滋味，却爱发表议论，其实这些议论是很幼稚的。

原句是宋代词人辛弃疾（1140—1207）所写的《丑奴儿·书博山道中壁》一词中的句子。全词如下："少年不识愁滋味，爱上层楼。爱上层楼，为赋新词强说愁。而今识尽愁滋味，欲说还休。欲说还休，却道天凉好个秋！"

4．"也许这就是他的大丈夫主义"

"大丈夫主义"也常说"大男子主义"，指在夫妻或男女的关系中，男子或丈夫认为自己比妇女或妻子优越，应该处于支配地位。因此在社会上或家庭里男子或丈夫享有各种特权。而妇女或妻子则受到歧视，处于服从或被统治的地位。这是一种男尊女卑的思想。

四、课文练习答案

（二）选词填空

1．对于/对；2．对；3．必定/一定；4．决定；5．时刻；6．时间；7．议论；8．谈论；9．当然 当；10．当 当 当然；11．如果 如何；12．如何；13．好hǎo 好hǎo；14．好hǎo 好hǎo 好hǎo；15．起来 开来；16．开

（四）根据课文内容判断下列句子对错

1．（＋）；2．（－）；3．（－）；4．（－）；5．（＋）；6．（－）；7．（－）；8．（－）；9．（＋）；10．（－）；11．（＋）；12．（＋）

（六）复句练习

1. 将左右两部分连起来，组成一个完整的递进复句，并把左边的序号填在右边的括号里

（1）麦克不但会骑马	（2）而且对整个中国的发展都是一件好事
（2）举办奥运会不但对北京有好处	（4）倒笑了起来
（3）大风不但没有停	（5）反而称赞了她
（4）他听了不但不生气	（1）而且还会给马治病
（5）主任不但没有批评她	（6）而且还找到了解决的办法
（6）研究人员不但发现了设计上的问题	（3）反而越刮越猛了

2. 模仿例句，将下列句子改成用"越……越……"的紧缩句
(1) 他越讲越不明白。
(2) 这张画他越看越喜欢。
(3) 她的声音越说越小。
(4) 问题越讨论越清楚。

五、阅读练习答案

1. 快速阅读一遍短文内容，并判断下列句子的对错
（1）（＋）；（2）（－）；（3）（－）；（4）（＋）；（5）（－）；（6）（－）

六、听力课文和练习答案

听力课文

鬼 迷 心 窍

昨天，她赌气回娘家了，临走时她说过，丈夫不去请她三次，她决不回来。

可是只隔了一夜，没人去请她，她像做错事的孩子一样，自己回来了，还特别给公公带回两包点心。公公感到很突然，他想：昨天你还把我看成多余的人，今天像变了个人似的，真有点儿奇怪。因此，对她送的点心，自己要也不好，不要也不好。

夜里，从小两口的卧室里传来了她的哭声，丈夫劝她都劝不住，她边哭边骂自己鬼迷心窍，不该逼着丈夫跟老人分开过，请丈夫原谅她。

她还对丈夫说，昨天她走进娘家门时，看见娘家的嫂子跟她一样，正跟她哥哥大吵大闹，逼着哥哥跟老人分开过。她爸爸妈妈非常难过，站在一旁流泪……

练习答案

（1）（－）；（2）（＋）；（3）（－）；（4）（－）；（5）（＋）

第五十八课　背影

一、主要语言点

1．词语例解：如此　好在　本　再三　颇　说道　东奔西走　往往
2．句子结构：非……不……　Ｖ＋定（结果补语）
3．复句与句群：推断关系

二、教师参考词汇语法知识

1．词语例解

（1）如此

指示代词"如此"有"这样"的意思，可用来直接作谓语，如课本上的"事已如此"，"年年如此"。再如：

　　用词要准确，说话如此，写文章也如此。

　　她说话一直声音很小，现在当老师了，也是如此。

"如此"常作状语，修饰后面的动词、形容词。例如：

　　大家对我如此关心，我非常感动。

　　想不到这部电影竟如此有趣。

　　她们姐妹俩长得如此地不同。

"如此"也常常用在某些动词或能愿动词的后面，如"理当如此"、"但愿如此"，也可以用在"不但、虽然"等连词的后面，如"不但如此"、"虽然如此"、"尽管如此"等，都用来指代前面已经谈到的事情。

（2）本；本来

第45课已介绍过代词"本"，本课学的是副词"本"，是"本来"的意思，也就是某种事实或状况"原先是这样"，表示下文有转折。多用于书面语。"本"和"本来"都可以作形容词，但"本"只用来修饰单音节名词，如"本意"、"本心"（不能说⊗"本来意"，⊗"本来心"）；双音节名词多用"本来"修饰，如"本来的想法"、"本来的意思"（不能说⊗"本想法"、⊗"本意思"）。

（3）再三；反复

"再三"和"反复"都表示"一次又一次"的意思，但意义的侧重点、使用范围都有不同，这两个词一般不能换用。

"再三"所表示的"一次又一次"，有强调"不止一次"的意思，后边常常有表示在这个不止一次的动作作用下所产生的某种效果的句子。"反复"的"一次又一次"

主要表示"重复"的意思，后边不需要谈动作重复所产生的效果。例如：

> 我再三劝他，他还是不来。
>
> 我已经反复劝他了。
>
> 大家再三商量，最后才做出决定。
>
> 大家反复商量这个问题。

"再三"所表示的具体动作多限于和表达相关的动作，如"再三解释"、"再三说明"、"再三要求"等。"反复"一般也多用于具体动作，但不限于和表达相关的动作，如"反复听"、"反复看"、"反复检查"、"反复商量"等。

"反复"只表示重复，所以动词后边可以接"次"、"遍"等表示动作数量的词语，如"反复商量了好多次"、"反复看了五六遍"；"再三"已经表示了动作的次数，所以动词后边不能再接表示动作次数的词语，如不能说⊗"再三解释了好多遍"、⊗"再三要求了五六次"等。

（4）往往；常常

副词"往往"用于过去到现在的某种有规律的、不断发生的客观情况；而"常常"只指动作或行为重复发生，不一定有规律性。例如：

> 他的病每到冬天往往会加重。
>
> 考试的时候心情紧张，往往会影响到成绩。
>
> 他晚上往往睡得很晚。
>
> 晚饭后他常常一个人到外边散步。
>
> 我们常常在一起讨论当天的新闻。

"往往"强调规律性，因此句中的动词前后要有一定的条件（时间、地点、方式、条件等）；"常常"只是表示重复发生，所以可以放在没有一定条件的单个动词前。例如：

> 他往往复习到很晚。（不能说⊗"他往往复习。"）
>
> 一到冬天，他常常感冒。（不能说⊗"他往往感冒。"）
>
> 他常常看电影。（不能说⊗"他往往看电影。"）
>
> 妈妈常常说："你要注意身体。"（不能说⊗"妈妈往往说：'你要注意身体。'"）

"往往"只用于过去的情况或一般性的规律，不能用于将来的时间；"常常"则不受这种时间的制约。例如：

> 到北京以后，我会常常给你发电子邮件的。（不能说⊗"到北京以后，我会往往给你发电子邮件的。"）
>
> 我希望常常去颐和园。（不能说⊗"我希望往往去颐和园。"）

2. 句子结构

非……不……

"非"后多用动词短语，也可以用主谓短语或名词短语，"非"后还常加"得"。"不"后可以用动词性短语，也常用"不可、不行、不成"等固定短语。例如：

> 这场球赛非得他参加不能赢。

> 这件事非他不行。

在口语中，当承接上文或用在反问句里，"非"后边也可以省去"不可、不行、不成"。这时，"非……"表示"非……不可"的意思。例如：

> 我不想来，他非要我来。

> 做这件事，非得用心。

> 为什么非得上午去？

3．复句与句群

（1）本课复句"推断复句"表示的也是一种因果关系，所以有的人称它为"推断因果句"，而一般的因果句为"说明因果句"。这两种因果句的区别在于说明因果句的正句（结果）说的是已实现的事实，而推断因果句的正句（结果）说的是还没有实现或不清楚是否已经实现的事实。例如：

> 他为什么没去打球？

> 因为他身体不太好，所以没去打球。（说明因果句：事实是他没去打球）

> 他身体不太好，还会去打球吗？

> 既然他身体不太好，他就不会去打球了。（推断因果句：估计他不会去打球）

另一个不同之处是，说明因果句的"原因"，听话人还不知道；而推断因果句中的原因，由"既然"引导的分句来表述，交际双方都已经知道了，如上边例子中的"他身体不太好"。

推断因果句的疑问形式，正句中常常加"又"来加强语气。例如：

> 既然你不愿意，为什么又来了呢？

> 既然这儿的水果不新鲜，你怎么又买了？

（2）推断复句后一分句的主语前，还可以用"那么"、"那"（在根据结果推断原因的句子里用得更多）。当后一分句不出现主语时，"那么/那"可以和"就"连用。例句见课本。

三、教师参考课文背景知识

本课课文选自《青年必知名家散文精选·中国卷》中国国际广播出版社 2001 年 1 月第一版。

1．朱自清（1898—1948），字佩弦，号秋实，是中国现代著名的散文家、诗人、学者。1916 年中学毕业后考入北京大学哲学系。本课课文所写的正是作者 20 岁那年（1917 年）在北大读二年级时候的事情。1920 年作者从北大毕业后曾在江苏、浙江一带中学教书，并创作新诗。1925 年任清华大学教授，从此一直在清华大学工作，并担任过中文系主任。1948 年 10 月 12 日病逝，享年五十岁。朱自清在上世纪二十年代写了许多散文，《匆匆》、《桨声灯影里的秦淮河》、《背影》、《荷塘月色》等是他的代表作。后来朱自清从事中国国学研究，出版了很多著作。

2.《背影》是朱自清最有名的散文作品之一，七八十年来，常常被选作中学语文教材。这篇文章写的是作者家庭遭受不幸（祖母去世，父亲失去了工作），自己在回家奔丧后又要远离亲人到北方去，父亲送他从南京乘火车回北京读书的情景。文章通过在火车站父子告别的一个片断，描写了父亲对他的关怀、体贴、爱护，表现了父子之间真挚、细腻、深切的情感。作者写这篇文章时，已是七八年后，当时他在清华大学教书。虽然已过了这么长的时间，但当年火车站送别的一幕，却使他永远不能忘记。

3.《背影》写于上世纪二十年代，文中有些部分较难，生词也较多，所以本书把课文分成两部分。作者用了很多书面语，有些词语现在已不再用或很少用，不要求学习者现阶段运用（生词表中用＊标出）。以下是对原文词语改动之处的说明和对部分句子、词语的解释：

(1)"我与父亲不相见已二年余了。"
现代汉语口语中一般说"已两年多了"。

(2)"父亲的差使也交卸了"
差使——过去指官场中临时委任的职务，也泛指职务或官职，现在很少用。文中指的是作者的父亲当时任徐州烟酒公卖局局长。
交卸——"交"是交代，"卸"是卸掉，指失去了这项职务。现在很少用。

(3)"回家变卖典质"
变卖——指出卖财产什物以换取现款。
典质——"典"是典当，"质"是抵押，指把土地房屋及物品典当抵押出去，换取现款或作偿还债务的保证。

(4)"一半为了丧事，一半为了父亲赋闲。"
这里的"为了"是"由于"、"因为"的意思，表示原因。
赋闲——指丢了工作，失业在家闲住。书面语。

(5)"父亲要到南京谋事"
谋事——指找工作。

(6)"到南京时，有朋友约去游逛，停留了一日"
原文为"到南京时，有朋友约去游逛，勾留了一日"，现在一般不用"勾留"。

（7）"叫旅馆里一个熟识的茶房陪我同去。"

茶房——过去指在旅馆、茶馆、车站、剧场等处提供茶水等杂务的人员。现在已不用，一般称服务员。

（8）"他再三嘱咐茶房，非常仔细。"

原文为"他再三嘱咐茶房，甚是仔细"。现在一般不用"甚是"。

（9）"但他终于不放心"

这里的"终于"，现在一般用"还是"，即"但他还是不放心"。

（10）"我们过了江，进了车站"

南京在长江边，从南京坐火车到北京必须先乘渡轮过江，到北岸的浦口乘火车。作者的父亲与他分别的地方就在浦口火车站。

（11）"得向脚夫付些小费"

原文为"得向脚夫行些小费"。现在不这样说。"脚夫"现在大陆地区称"搬运工人"。

（12）"我那时真是聪明过分"

作者是在七八年后写文章回忆当时情景的。写文章时他与父亲已有两年没见面，接到父亲的来信，又想起了父亲在火车站的背影。当时他还不能理解父亲对他的关心和爱护，体会不出父亲对他的一片深情，反而不满意父亲的做法，觉得父亲的行为"不大漂亮"，"暗笑他的迂"。现在回想起来，非常地负疚自责，所以后边多次提到"那时真是太聪明了"。

（13）"我将他给我的紫毛大衣铺好座位。"

原文用的是"坐位"，现在一般都用"座位"。

（14）"托他们直是白托"

这里的"直"是"简直"的意思。

（15）"他往车外看了看"

原文为"他望车外看了看"，现在不这样用。

（16）"尚不大难"

这里的"尚"是"还"的意思，书面语。"尚不大难"，意思是还不大难。

（17）"他已抱了朱红的橘子往回走了。"

原文是"他已抱了朱红的橘子望回走了。"现在不这样用。

（18）"进去吧，里边没人。"

父亲让他进车厢去，里边没人看行李，怕丢失东西。

（19）"哪知老境却如此颓唐！"

原文是"那知老境却如此颓唐！"疑问代词现在用"哪"。

（20）"自然情不能自已"

"已"是停止，"不能自已"是不能控制自己。这句话的意思是，自然不能控制自己的感情。

（21）"情郁于中，自然要发之于外"

情绪郁结在心中，自然要发泄出来。

（22）"家庭琐屑便往往触他之怒"

一些家庭的小事往往也会引起他的愤怒。

（23）"他待我渐渐不同往日"

他对待我渐渐跟过去不同了。

（24）"我北来后"

我到北方来以后。

（25）"惟膀子疼痛厉害"

原文是"惟膀子疼痛利害"，这里的"利害"现在一般用"厉害"。

（26）"举箸提笔，诸多不便"

用筷子和笔，（已感到）有很多不方便。

（27）"大约大去之期不远矣"

"大去"指"死"，是委婉语。"大去之期"就是死的日期。"矣"是古汉语的语气助词，用法跟现代汉语的"了"有相同之处。"矣"还可以表示感叹。

四、课文练习答案

（二）选词填空

（1）如此；（2）往往；（3）本；（4）好在；（5）颇；（6）问道；（7）再三；（8）东……西……；（9）好在；（10）往往；（11）东……西……；（12）再三；（13）如此；

（14）说道；（15）颇；（16）本

（四）根据课文内容判断下列句子对错

（1）（－）；（2）（＋）；（3）（－）；（4）（－）；（5）（－）；（6）（＋）；（7）（－）；（8）（－）；（9）（＋）；（10）（＋）；（11）（－）；（12）（＋）；（13）（＋）；（14）（－）；（15）（－）；（16）（＋）；（17）（－）；（18）（＋）；（19）（＋）；（20）（＋）

（六）复句练习

1. 将左右两部分连起来，组成一个完整的推断复句，并将左边的序号填在右边的括号里

（1）事已如此

（3）我们就送一套新版《鲁迅全集》作为给他们的结婚礼物

（2）既然已经瘦了十多斤

（4）就不要去那里买东西了

（3）既然他们俩都喜欢文学

（1）咱们也只好这么办了

（4）既然你不相信那家商场

（6）就要对孩子的一生负责

（5）既然是全市停电

（2）你就不必再那么减肥了

（6）既然生了孩子

（5）那我们学校当然也就不能用电脑了

五、阅读练习答案

1. 快速阅读一遍短文内容，并判断下列句子的对错

（1）（－）；（2）（＋）；（3）（＋）；（4）（－）；（5）（－）；（6）（－）；（7）（＋）；（8）（＋）；（9）（－）；（10）（－）；（11）（＋）；（12）（＋）

六、听力课文和练习答案

听力课文

爱心感动了老人

在外国有位孤独的老人，无儿无女，身体很差。他决定搬到养老院去，因此，老人要把他的别墅卖掉。

这是一所有名的别墅，所以来买的人很多。拍卖的起价是8万英镑，但人们很快就将它炒到10万英镑，而且价钱还在往上升。老人坐在沙发上，显得很忧愁。是的，要不是健康状况不行，他是不会卖掉这幢别墅的，因为它陪伴老人度过了大半辈子。

一个青年人来到老人面前，小声地对老人说："先生，我很想买您这幢别墅，可是我现在只有1万英镑。"

"小伙子，它的起价就是8万英镑，"老人也小声说道，"而且现在它已经升到10万英镑了。"

青年诚恳地说："先生，我知道。如果您把别墅卖给我，我保证让您仍然生活在这里，和我一起喝茶、读报、散步、聊天，请相信我。我会用我对父母的爱那样来照顾您，让您晚年生活得很幸福。"

老人听了，慢慢地站起来，挥了挥手，让人们安静下来。他说："朋友们，这幢别墅的新主人已经产生了，就是这个年轻人！"

爱心感动了老人，青年人赢了。

练习答案

(1)（－）；(2)（＋）；(3)（＋）；(4)（－）；(5)（－）；(6)（－）；(7)（＋）；(8)（－）；(9)（－）；(10)（＋）

第五十九课 十八年的秘密

一、主要语言点

1. 词语例解：亲手 偶然 要不是 而 依旧 似乎 经常 一晃
2. 句子结构：宁可……也不……
3. 复句与句群：让步转折关系（2）

二、教师参考词汇语法知识

1. 词语例解

（1）偶然

"偶然"在修饰名词时，一般要带"的"，如"偶然的事儿"、"偶然的机会"等。

"偶然"作谓语时，前边一定要加程度副词"很、太"等，或者用在"是……的"格式中。例如：

他这次迟到很偶然。（不能说⊗"他这次迟到偶然。"）

能在这儿见到他，太偶然了！（不能说⊗"能在这儿见到他，偶然了！"）

你这次考试不及格，绝不是偶然的。（不能说⊗"你这次考试不及格，绝不偶然。"）

"偶然"在修饰动词时，一般不直接修饰单音节动词。例如，不能说⊗"偶然看"。被修饰的单音节动词必须重叠，或带有其他成分，如"偶然看看"、"偶然看了看"、"偶然看了一次"、"偶然看一眼"等。

（2）要不是；要是；要不（然）

连词"要是"和"要不是"都用来提出假设。"要是"是"如果"的意思，所说的事，可能已经发生，也可能还没有发生；"要不是"是"如果不"的意思，所说的事已经发生了，现在提出一种与实际情况相反的假设。例如：

要是我亲眼看见，我一定相信。

要不是我亲眼看见，我怎么也不会相信。（现在我亲眼看见了，所以我相信。）

你要是早两天来，就一定能遇到他。

你要不是早两天来，就不可能遇到他。（你早两天来了，所以遇到他了。）

"要不"或"要不然"是"如果不这样"的意思，提出一种与前边所说的情况相反的假设。所说的事，可能已发生，但更多的情况下是还没有发生。假设的具体内容在前边已经提过，"要不"或"要不然"的后边只说结果。例如：

该写信了，要不然，我妈会不放心的。

他一定有事，要不，为什么还不回来？

（3）而

"而"是古汉语中沿用到现在的连词，书面语中用得较多。

我们已经介绍过，"而"常用来连接意思相反或相对的两个短语或分句，表示转折，用法跟"可是、但是、然而、却"相近，但转折的语气比较缓和。例如：

孔乙己是站着喝酒而穿长衫的唯一的人。

欧美的酒吧一般是下午开始营业，而中国酒吧的顾客常常是吃完晚饭才来。

这不是谁给谁打工，而是咱们俩分工合作。

父亲只受了点轻伤，而奋不顾身抢救你父亲的年轻军人却牺牲了。

"而"也可以连接并列的形容词或动词、动词短语以及分句，表示互相补充，或隐含着进一层的意思。例如：

老师讲课做到了少而精。

这个故事真实而感人。

经验是宝贵的，而得到经验是需要努力的。

要注意的是："而"不能连接名词或名词短语。

本课介绍的是连词"而"的另一种用法，即把表示方式、目的、原因等的状语连接到动词的前边。例如：

他们都是靠工资而生活的人。（方式）

公司的重大问题，都是通过讨论而做出决定的。（方式）

很多人是因为宗教、民族的原因而不吃鸡、鸭、鱼、肉。（原因）

他们也反对为了食物而饲养和杀害动物。（目的）

2. 句子结构

宁可……也不……

这种复句也称为取舍复句。两个分句表示两种不同的做法，说话者决定选取一种（宁可……），舍弃一种（也不……）。例句见课本。

在取舍复句"宁可……，也（要）……"中，"宁可"后边是被选取的做法，"也（要）"后边表示选取这一做法的目的。也就是说两个分句所表示的都是说话者所选取的。例如：

宁可少睡一会觉，也要多读一些书。（为了"多读一些书"，他选取了"少睡一会觉"。）

他宁可一辈子不结婚，也要娶她。（"娶她"是目的，也是说话者所选取的。）

取舍复句"与其……，宁可……"将在第63课介绍。

3. 复句与句群

本课介绍的取舍复句"宁可……也（要）/也不……"，"宁可"句所做出的选择，往往是一种较极端的做法，或是退一步、并不理想的选择。例如课文例句中所提到的"站着死"、"一辈子不结婚"、"很快离开这个家"、"饿死"等，但还是要达到后边所说的目的（"也要"），或者避免出现后边所说的情况（"也不"）。因此，这也是一种表示让步转折的复句。

三、教师参考课文背景知识

本课课文的原文题目是"父亲的秘密"，选自《青春读本：感动中学生的100个故事》，上海文艺出版社2001年10月第一版。

1. 本课课文写的是一个家庭的故事。父亲19年前曾在边防前线做记者，在一场事故中，一位年轻的军人为了抢救他而牺牲了自己的生命。父亲离开边防前线后去探望这位牺牲军人的家属，发现他家中只有妻子一人，而且快要生孩子了，无人照顾，情境很凄凉。父亲决定留下来照顾她。女孩出生了，父亲也决定和自己相爱很深的女朋友分手，跟这位失去丈夫的普通女工结婚。十多年来，父亲细心地照顾母亲，全心全意地爱护母亲，女儿觉得家庭十分幸福。但是，由于父亲与原来女友的重逢被女儿误解，女儿一直无法原谅父亲。直到母亲因病去世前留下的一封信，才解开了这个家庭十八年来的秘密，父亲也得到了女儿的理解。

2. "两个月后，父亲就和恩人的妻子结了婚。"

在边防前线，年轻的军人用自己的生命换来了父亲的生命，所以，母亲说这位军人是父亲的"恩人"。中国传统道德认为，"人之有德于我也，不可忘也；吾有德于人也，不可不忘也。"也就是说，不能忘记别人对我的好处，但不要记住我对别人的好处。在与人交往中，应当"受恩必报"，而且是受人"滴水之恩"，应当"涌泉相报"。父亲与年轻的军人原来并不相识，为了国家他们来到边防前线，在最危险的时期，军人为了救记者而献出了自己的生命。这是最崇高的道德品质。所以身为记者的父亲，在道义上应当关心这位军人的家庭。当他发现军人的妻子不仅受到失去丈夫的沉重打击，而且孤身一人、快要临产，就自然地留了下来照顾她，最后跟她结婚，而且19年来一直全心全意爱她。他原来的女朋友对这一点也是能够理解的，所以，正如母亲信中所说，尽管"18年来，她一直没有忘了你爸爸，但他们的友谊是纯洁的"。

3. 梁山伯与祝英台（会话课文故事）

古时候浙江有一个聪明、美丽的姑娘叫祝英台，她想跟男孩子一样上学读书，可是当时的社会不允许女孩子上学，她决定女扮男装，到杭州读书。在去杭州的路上她遇到也是去求学的青年梁山伯，他们两人越谈越投机，决定结拜为兄弟。他们去杭州的同一所学校学习，而且住在同一个房间里。同学三年，他们的感情越来越深，但梁山伯一直不知道祝英台是个女孩子。

后来，祝英台接到父亲来信，要她立刻回家。临走的那天梁山伯非常难过，决定送祝英台。一路上，祝英台用各种办法向梁山伯暗示自己是个女孩子，并表达了对他的感情，但忠厚老实的梁山伯，怎么也不明白她的心意。分手的时候，祝英台只好说她家有个小妹长得和她一样，希望他能去求婚。

梁山伯回到学校以后，非常想念祝英台。师母把祝英台是个女孩子，并且很爱他的秘密告诉了他，梁山伯听了高兴极了，决定马上去祝家求婚。

梁山伯第一次见到恢复了女装的祝英台，可是听到的却是可怕的消息：祝英台的父亲催女儿回家是为了把她嫁给一个姓马的大官的儿子，现在正逼她结婚。梁山伯一下子从幸福的顶峰坠入痛苦的深渊，回家以后得了重病，不久就病死了。祝英台听到梁山伯病死的消息后哭了三天三夜。她父亲逼她嫁到马家，她坚持花轿一定要从梁山伯的墓前经过。

结婚的那天，花轿到达梁山伯的墓前，突然刮起大风，下起大雨，雷鸣电闪，天昏地暗。"轰隆"一声，只见梁山伯的坟墓裂了开来，祝英台一下子扑了进去，坟墓又合上了。这时候风雨都停了，太阳出来了，墓地上出现了一对美丽的蝴蝶，在自由地飞舞着。

这就是在中国家喻户晓的"梁山伯与祝英台"的故事。上世纪中国的作曲家把这个动人的民间故事改编成一首优美的小提琴协奏曲《梁祝》。这首乐曲也受到全世界人民的喜爱。

本课会话课文，正是根据这个故事改编成的戏曲中的一小段，即梁山伯与祝英台在去杭州的路上相遇。同行的四九是伺候梁山伯读书的书童；银心是伺候祝英台的女仆，她也是女扮男装。

四、课文练习答案

（二）选词填空

1．亲眼　亲口；2．要不是　亲耳；3．一晃；4．一晃　似乎；5．而；6．要不是　往常；7．依旧；8．要不是　偶然；9．往常；10．亲手

（四）根据课文内容判断下列句子对错

（1）（－）；（2）（＋）；（3）（－）；（4）（＋）；（5）（－）；（6）（＋）；（7）（－）；（8）（－）；（9）（－）；（10）（＋）

（六）复句练习

1．将左右两部分连起来，组成一个完整的让步复句，并把左边的序号填在右边的括号里

（1）宁可一夜不睡　　　　　　　（2）我都坚持自己的原则

（2）无论是什么样的朋友来求我　（4）也决不放弃阵地

（3）无论学生们提出什么要求　　（1）我也要看完世界杯的决赛

（4）战士们下了决心，宁可战死　（5）也不进厨房学着做饭

(5) 他怕费事，宁可顿顿吃方便面　　(6) 也不要闯红灯发生交通意外

(6) 宁可在路口等上几分钟　　　　　(3) 老师都会认真考虑

2. 选择"无论……也/都……"或"宁可……也"完成复句

(1) 无论…… 也/都……；(2) 宁可…… 也……；(3) 宁可…… 也……；(4) 无论…… 都……；(5) 无论…… 都……；(6) 宁可…… 也……

五、阅读练习答案

1. 快速阅读一遍短文内容，并判断句子的对错

(1)(－)；(2)(－)；(3)(＋)；(4)(－)；(5)(－)；(6)(＋)；(7)(－)；(8)(＋)

六、听力课文和练习答案

听力课文

分　手

夫妻"分手"，法律上把它叫作"离婚"。"分手"虽然也是一种告别，但并不意味着永远不见面。越来越多的人认为夫妻分手以后，他们作为朋友，应该有很多"再见"的机会。

人们不愿把"离婚"搞得那么残酷，所以把它说成"分手"。既然两人在一起生活都感到很痛苦，还不如痛痛快快地分手。

不必上法院了，也不必张扬，他们默默地把那个结婚证换成了离婚证。

男的说："请接受我的歉意吧，因为我没有给你带来幸福。请记住，我永远是你最可信赖的朋友。今后你有什么困难需要帮助时，请一定首先想到我……"

女的说："谢谢，我会的。今天我想请你去吃烤鸭。这是你最喜欢吃的。分手后，我们还是朋友，对不对？"

人们习惯于赞美结婚。其实，分手的时候，也能看出一个人的品格。当然，像这样理智的"分手"毕竟还不是很多。

练习答案

(1)(－)；(2)(－)；(3)(＋)；(4)(－)；(5)(＋)；(6)(－)

第六十课　珍珠鸟

一、主要语言点

1. 词语例解：躲　格外　决不　忽然　正　起先　飞来飞去　一时
2. 句子结构：一会儿……一会儿……
3. 复句与句群：流水句

二、教师参考词汇语法知识

1. 词语例解

（1）决

副词"决"是"一定、必定"的意思，常跟否定词"不、没有、非、无"等连用，表示坚决否定（常常是一种主观的态度）。例如：

经理这么早就叫他去谈话，决非好事。

大家都应该按规定办事，决无例外。

（2）忽然；突然

"忽然"和"突然"都有事情发生得迅速而又出乎意料的意思。两个词的意思很接近，所以有时可以换用。例如：

王先生忽然/突然倒在地上。

他说好要去的，怎么忽然/突然就改变主意了？

两个词的意义的微小差别在于"忽然"侧重于"事情发生得迅速"；"突然"侧重于"出乎意料"。

两个词的词性不同。"忽然"是副词，前边不能加程度副词"很、太、非常"等，而"突然"是形容词，前边可以加程度副词。例如：

这个消息使我感到很突然。（不能说⊗"这个消息使我感到很忽然。"）

他来得非常突然，我一点儿也没想到。（不能说⊗"他来得非常忽然，我一点儿也没想到。"）

"突然"可以作谓语、定语、补语，"忽然"不能。例如：

这次检查太突然了，我们都没有准备。（不能说⊗"这次检查太忽然了，我们都没有准备。"）

突然的情况随时都可能发生。（不能说⊗"忽然的情况随时都可能发生。"）

这个问题问得很突然，他一时不知道如何回答。（不能说⊗"这个问题问得很忽然，他一时不知道如何回答。"）

（3）正

我们已经介绍过，副词"正"表示动作正在进行或状态在持续中。例如：

> 他正演讲呢。
>
> 我正骑着车，忽然听到有人喊我。

"正"还表示"恰好、刚好"的意思。例如：

> 我们到电影院，电影正开始。
>
> 你来得真巧，老师正要找你。
>
> 这件衣服正好，不大也不小。
>
> 两点出发正合适。

本课介绍的是"正"用来加强肯定的语气，有"就是"的意思。例如：

> 问题正在这里。
>
> 正由于不怕困难，我们才敢接受这项工作。

2. 复句与句型

复句小结

根据单句之间的关系，我们把学过的九种复句分为三大类：并列类、因果类、转折类复句格式列表如下：

	51. 一般并列复句	54. 承接复句	57. 递进复句
1. 并列类	**复句：** 　既 p，又 q 　又 p，又 q 　也 p，也 q 　一面 p，一面 q **紧缩句：** 　你去我也去。 **句群：**并列句群	**复句：** 　先 p，接着 q 　p，然后 q 　先 p，再 q **紧缩句：** 　我们一下课就去吃饭。 **句群：**承接句群	**复句：** 　不但 p，而且 q 　p，还 q 　不仅 p，甚至 q 　不但不 p，反而 q **紧缩句：** 　风越刮越大。 **句群：**递进句群
	52. 一般因果复句	55. 目的复句	58. 推断复句
2. 因果类	**复句：** 　因为 p，所以 q 　p，因此 q 　由于 p，因而 q **紧缩句：**他病了在家休息。 **句群：**因果句群	**复句：** 　p，以便 q 　p，为的是 q 　p，好 q 　p，以 q **紧缩句：**为身体健康而素食。 **句群：**目的句群	**复句：** 　既然 p，就 q 　既 p，就 q **紧缩句：** 　你能去还是去吧。 **句群：**总分句群

	53. 一般转折复句	56. 让步转折复句(一)	59. 让步转折复句(二)
3. 转折类	复句： 　p,但/却 q 　p,然而 q 　p,可是 q 　p,不过 q 紧缩句： 　好心办坏事。 句群：转折句群	复句： 　虽然 p,但是 q 　尽管 p,还是 q 　即使 p,也 q 　哪怕 p,也 q 　就是 p,也 q 紧缩句： 　你不想干也得干。 　天再冷也要锻炼。 句群：让步句群(一)	复句： 　无论 p,都 q 　宁可 p,也 q 紧缩句： 　他说什么也不敢收。 句群：让步句群(二)

三、教师参考课文背景知识

1. 本课课文写的是一位作家跟他所养的活泼、淘气、可爱的小雏鸟之间的友好和谐和相互信赖的关系，表现了作者对人与动物、人与自然和谐相处的美好感受。

2. 珍珠鸟是一种美丽的观赏鸟，红嘴、红脚、灰蓝色的毛、银灰色的眼睑。因后背有像珍珠一样的圆圆的白点，所以叫珍珠鸟。

四、课文练习答案

(三) 选词填空

(1) 走来走去；(2) 正是　一时；(3) 起先　忽然；(4) 躲；(5) 决不；(6) 格外；(7) 躲　躲；(8) 一时；(9) 格外　格外；(10) 起先；(11) 一会儿　一会儿；(12) 正是；(13) 决不；(14) 忽然；(15) 格外

(五) 根据课文内容，判断下列句子对错

(1) (—)；(2) (+)；(3) (—)；(4) (—)；(5) (+)；(6) (—)；(7) (+)；(8) (—)；(9) (—)；(10) (+)

(七) 复句练习

1. 将左右两部分连起来，组成一个完整的复句，并把左边的序号填在右边的括号里

(1) 他不但会跳舞　　　　　　　　(3) 我也要自己好好考虑考虑再做决定

(2) 虽然雨下得这么大　　　　　　(4) 那就去那家有名的意大利餐厅吧

(3) 即使是父母要我这样做　　　　(5) 所以大家看上去也越来越胖了

(4) 既然你们都想去吃意大利面　　(2) 但是孩子们还是按时到学校来上课了

(5) 因为天气越来越冷了　　　　　(6) 大家也不要慌乱

（6）无论发生什么样的情况　　　（1）而且还得到过舞蹈比赛的大奖呢

2. 完成复句

（1）先，接着；（2）无论，都；（3）既然，就；（4）既，又；（5）不但，而且；（6）虽然，但是；（7）因为，所以；（8）即使，也

五、阅读练习答案

1. 快速阅读一遍短文内容，并判断下列句子的对错

（1）（+）；（2）（－）；（3）（－）；（4）（－）；（5）（+）；（6）（+）；（7）（－）；（8）（+）

六、听力课文和练习答案

听力课文

不要轻易说不可能

曾给许多朋友测试过这几道题，没有一个说这些答案是对的。你也可以来试试。请注意听题：

1＋1＝1、2＋1＝1、3＋4＝1、4＋9＝1、5＋7＝1、6＋18＝1

怎么会这样呢？其实，很简单。我们只要给这些数字后边加上适当的单位名称，这些结果就完全正确。你听：

1（里）＋1（里）＝1（公里）

2（个月）＋1（个月）＝1（季度）

3（天）＋4（天）＝1（星期）

4（点）＋9（点）＝下午1（点）

5（个月）＋7（个月）＝1（年）

6（小时）＋18（小时）＝1（天）

简单的数字游戏告诉我们：面对生活中那些好像不可能的事，只要改变一下想问题的方式，换一个想问题的角度，跳出习惯地想问题的模式，就会得到不同平常的答案，使不可能变为可能。因此，对那些看来不可能的事，不要轻易说"不可能"。

（原文作者　安鹏翔）